那就是佐羅力大師沒開機嘍！
是啊！手機不開等於沒
晴空
伊豬豬
魯豬豬

恰喀 恰鈴 恰鈴鈴
向各位獻醜了！
晴空
伊豬豬
魯豬豬
拍手 拍手 拍手 拍手 拍手 拍手 拍手

怪傑佐羅力之佐羅力要結婚?!

文·圖 原裕　譯 王蘊潔

本大爺有了寶貝新手機，
電話號碼是祕密，
才不想告訴阿貓和阿狗，
只有看到夢中的情人，
才會悄悄告訴她，
表達心中的愛意。
嘻嘻呵呵。

佐羅力開心的想像著從來沒有見過的夢中情人，一臉陶醉，大聲唱著歌。

「佐羅力大師，你的眼光
那麼高，恐怕不容易找到
理想中的夢中情人吧！」
伊豬豬嘀咕著。

「對啊！對啊！
像那麼美麗的小姐，
我想應該一百年
才能看到一次吧！」

兩個人順著魯豬豬
手指的方向一看——

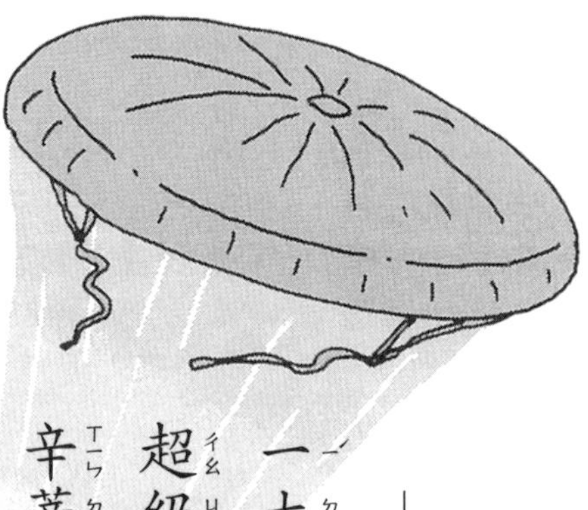

——就在那邊，
一大群攝影師包圍著
超級名模
辛蒂·克勞豹，
不斷的拍照。

「嗚哇，太美了。」

佐羅力心跳加速，
噗通噗通的跳不停。

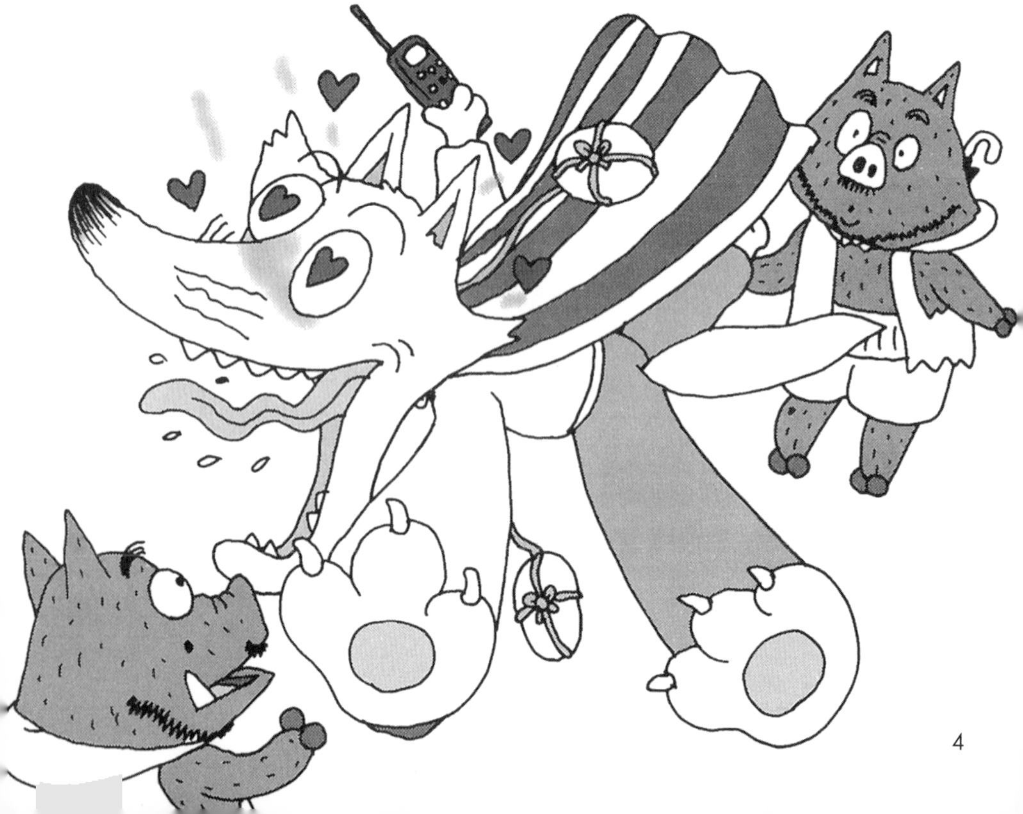

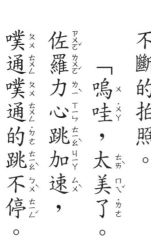

「本大爺以前從來不相信天底下有一見鍾情這種事。

但是，我對她卻一見鍾情！

她就是本大爺理想中的夢中情人。」

說完，他——

——轉眼之間，佐羅力已經變身成了帥氣的怪傑佐羅力，翩然出現在辛蒂面前。

呵呵呵呵，美麗的小姐，
我的心好像被你偷走了。
我將為你建造一座佐羅力城，
很快就會來迎娶你當我的新娘，
請你耐心等到那一天。
這是我的電話號碼，
無論你遇到什麼麻煩，
我隨時聽候你的吩咐，
無論天涯海角我都會去救你，
後會有期啦！

佐羅力把寫了電話號碼的紙條

附上一朵蒲公英，

遞給了辛蒂，

隨即宛如一陣風般的離開了。

剛才是怎麼回事？有時就會遇到這種莫名其妙的粉絲。
真是讓人傷腦筋。
隨手一扔
撕撕
辛蒂一臉嫌棄，把佐羅力給她的那張寫了電話的紙條撕得粉碎。

「佐羅力大師，你實在太帥了。」

「對啊！我們看了都忍不住心動。我想任何女人聽到這番話，一定會立刻愛上你的。」

「呵呵呵，我就知道，意料之中啦！你們有沒有看到辛蒂剛才的眼神？簡直對本大爺如癡如醉啊！本大爺決定了，要趕快建造佐羅力城，騎上白馬，早日迎娶她。」

佐羅力渾身充滿了鬥志。

就在這時，

「怪傑佐羅力！
你被逮捕了!!」
負責保護超級名模
的警官當中，
有人發現了佐羅力的身影，
警察立刻採取行動。
大批人馬
追過來，
想要逮捕他。

「哎呀，我剛才為了吸引辛蒂的注意，換上了這身裝扮，竟然完全忘記自己遭到警察通緝這件事了。伊豬豬、魯豬豬，趕快逃啊!!」

佐羅力三人用盡全身的力氣拔腿就跑，
追捕的警官人數愈來愈多。
佐羅力看到之後，
對伊豬豬和魯豬豬說：
「喂，伊豬豬、魯豬豬，
我們先兵分兩路，
等甩掉那些追兵之後，
再用手機聯絡。」
佐羅力說完，衝進了附近一家時髦的服飾店。

美衣服飾店
噹——
那些警察就交給我們吧！
沒問題，佐羅力大師，一會兒見。

伊豬豬和魯豬豬一下子扮鬼臉，
一下子露出屁股，
努力想要吸引警察的注意，
但是警察只想抓到怪傑佐羅力，
無論這對野豬兄弟再怎麼賣力表演，
警察都不理會他們，
一發現佐羅力逃進服飾店後，
所有的警察立刻包圍了
那家服飾店。

別讓他跑了
來抓我！
這裡
這裡
我們在這裡～～
露屁屁
真沒面子，他們竟然連看都不看我們一眼，真沒勁。
而且，那麼多警察，我們也束手無策啦！總之我們現在只能無奈的在這裡為佐羅力大師祈禱了。唉，真是窩囊啊！

咚咚咚咚——

警察全衝進了服飾店，

這時，試衣間內

傳來了佐羅力說話的聲音。

「不許動！你們不要亂來，

我手上有人質。」

「啊～～救命啊！」

接著，試衣間內傳出一聲尖叫，

聲音傳遍了整家服飾店。

「慘了，沒想到試衣間裡有客人。」

警官不敢貿然行動，也無法進去營救人質，只好等在試衣間外面乾著急。

過了一會兒，突然——

啪！

「救命啊，好可怕哦！」

這時，試衣間的門打開了，一個女人大聲尖叫，衝了出來。一名年輕的警官伸手抱住了她，其他警官看到那位

女客人已經得到警方保護，立刻舉起手槍，往試衣間前進，一個個探著頭向裡面張望。

太奇怪了，試衣間內居然空無一人，只看到佐羅力在鏡子上的留言。

「好一個佐羅力，
一下子就逃得無影無蹤。
幸好人質平安無事，
至少這一點讓人感到慶幸。
喂，問一下那位小姐
有沒有受傷？」
隊長回頭詢問。

「謝謝你，我沒事了。」

那位年輕的小姐從年輕警官懷裡抬起頭來。

偷偷告訴你們一個小祕密

☆各位讀者，你們可能沒有發現這位年輕小姐其實是佐羅力假扮的，他從服飾店的假人模特兒身上偷來假髮和裙子，成功變裝。

敬告各位讀者
怎麼樣？
是不是一點都
看不出來？
你們要保守這個祕密，
千萬不能告訴警察。
一言為定唷！

年輕的警官目不轉睛的看著年輕小姐的臉，
他的臉頰愈來愈紅，
最後大聲叫了起來：
「哇，你、你——」

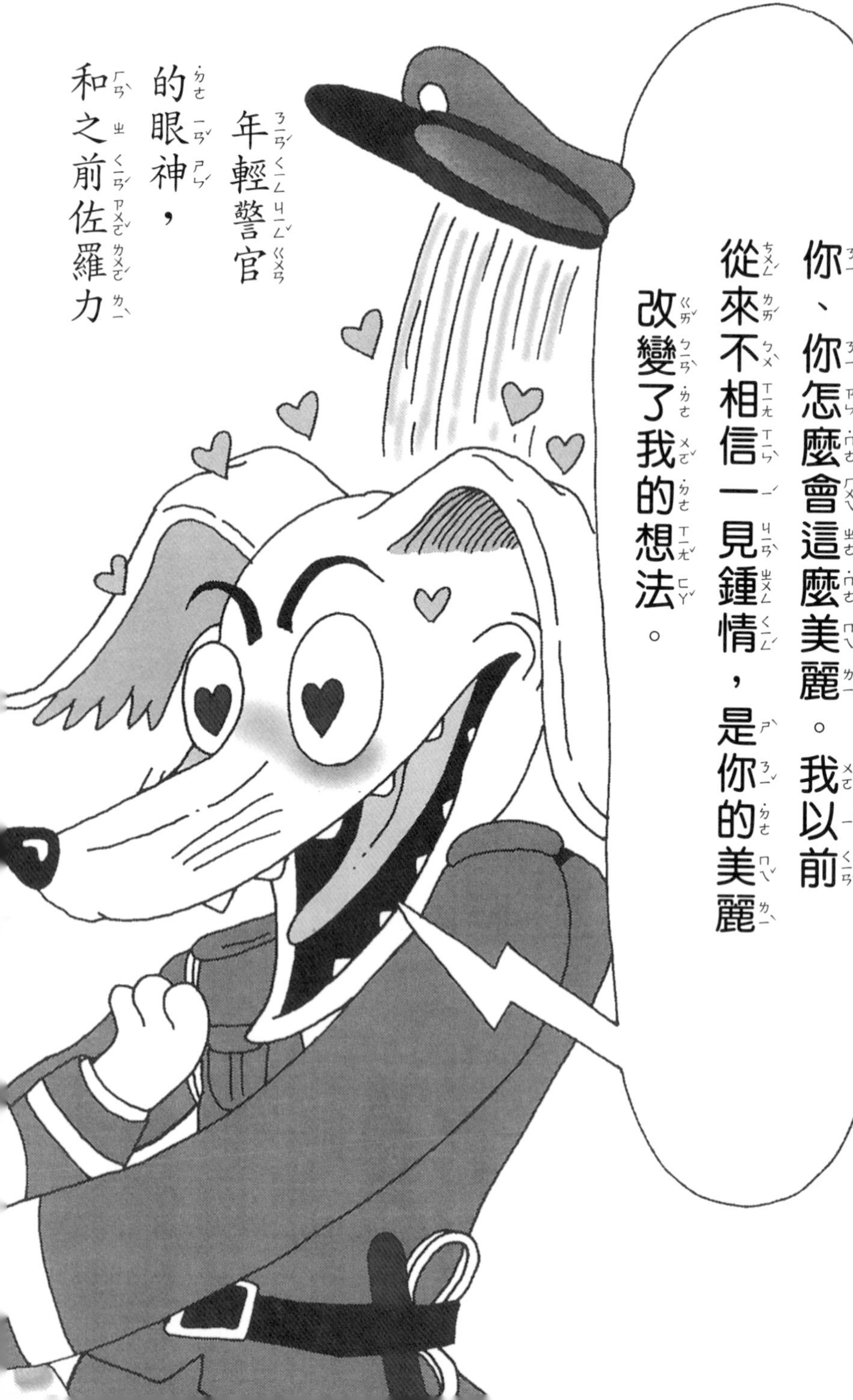
你、你怎麼會這麼美麗。我以前從來不相信一見鍾情，是你的美麗改變了我的想法。

年輕警官的眼神，和之前佐羅力

凝視超級名模的眼神一模一樣。

實在太有趣了，佐羅力很得意。

看來自己不但成功變裝，居然還騙過了警官，事情進展得真順利。

於是，他這樣對警官說：

你好，我叫佐羅惠，
我很美，對不對？
剛才在試衣間裡，
佐羅力也向我求婚。
呵呵呵，我這麼受歡迎，
真是傷腦筋——

晾在一旁
吸著手指看戲的伊豬豬和魯豬豬

「什、什麼!!」

年輕的警官聽了立刻臉色大變。

「這麼說，佐羅力以後還會來騷擾你嘍？這可不太妙。放心，我犬田拓治會用生命保護你，不，請你務必讓我保護你。」

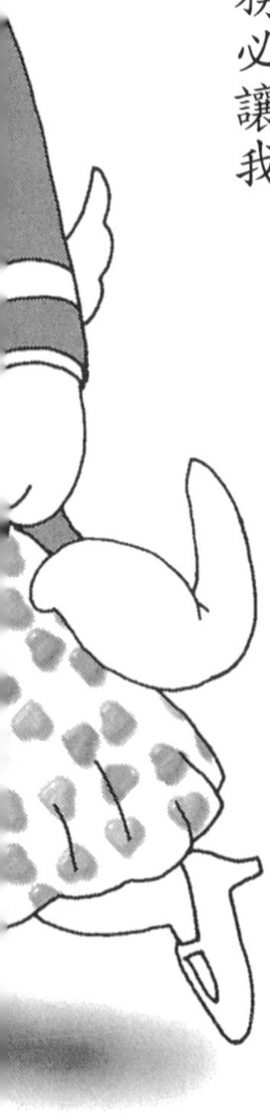

警官要求漂亮的佐羅惠小姐立刻搭上警車，接受保護——

——警官把佐羅惠帶到了警察單身宿舍。

「今天請你先住在這裡，這個宿舍裡住的全都是警官，即使佐羅力再膽大包天，也不敢到這種地方來的。如果遇到危險，你就大聲叫喊，我會隨時趕到，保護你的安全。」

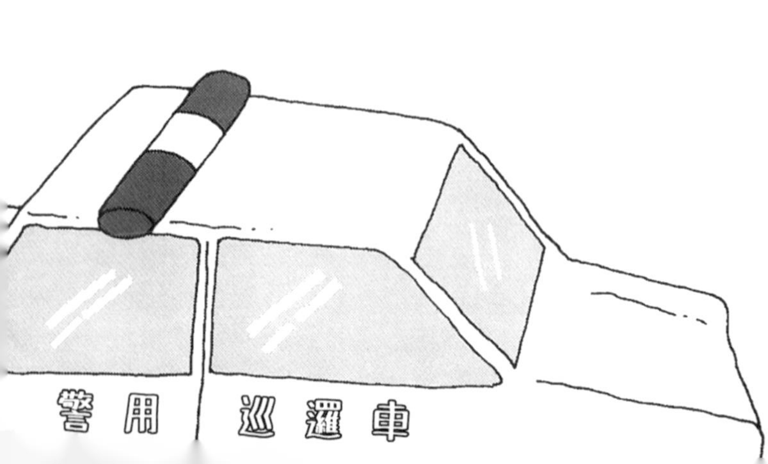

動物警察
單身宿舍

「哇，你好棒。這麼可靠的人，簡直就像是我夢想中的白馬王子一樣。」

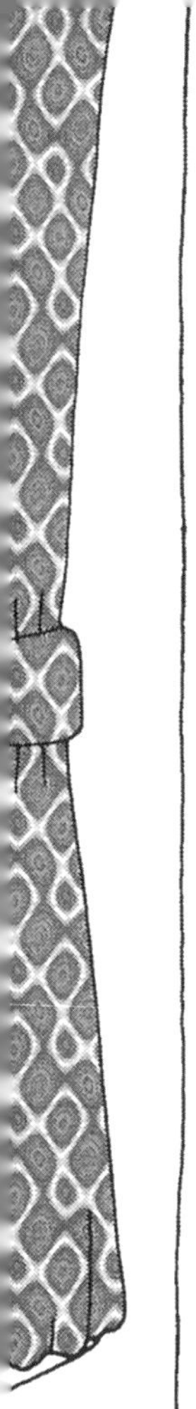

聽到心儀的女孩這麼說，
年輕警官立刻緊張起來。

「這、這真難為情。
我的名字叫犬田拓治，
大家都叫我犬拓，
我目前單身，
請多多指教。」

警官的臉色漲得通紅，
他向佐羅惠行了一個禮，很快轉身離開了。

房間內只剩下佐羅力一個人。

「嘻嘻呵呵，太好玩了，
我成功騙倒他們了。
想不到本大爺遭到通緝，
現在卻有警官保護我，
真是做夢都沒想到。
俗話說，最危險的地方
就是最安全的地方，
這句話一點都不假啊！」

佐羅力大大的鬆了一口氣，然後，居然睡著了，而且還睡得很香甜。

鈴鈴鈴鈴鈴，鈴鈴鈴鈴——

佐羅力被手機鈴聲吵醒了。

天色不知道什麼時候已經暗下來。

「喂，伊豬豬嗎？本大爺現在假扮成女生，正在警察的宿舍裡。」

說到這裡，

佐羅力發現窗外有一個人影，

趕緊改變了說話的音調。

「聽著，這裡有很多警察，

我擔心會引起懷疑，所以我現在要假裝成女生說話，知道嗎？」

這時，一臉緊張，站在佐羅力房間窗外的人，正是犬拓。

呃，佐羅惠小姐，
我有一些話想對你說……
不，現在已經很晚了，所以，
我在窗外說就好了。
我爸爸是警察局長，因為生病的關係
現在住在老家修養。
其實，他得了重病，醫生說已經無藥可救了。
每次回家，我爸爸只惦記一件事，
就是追問我什麼時候結婚，
我忍不住騙他說：『我很快就會帶老婆回家。』
我爸爸很開心，每天都很期待
我可以趕快帶媳婦回家，但是我其實
連女朋友也沒有。

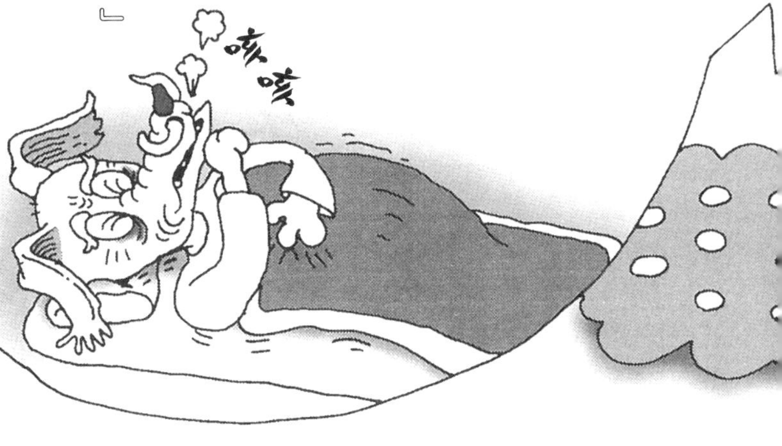

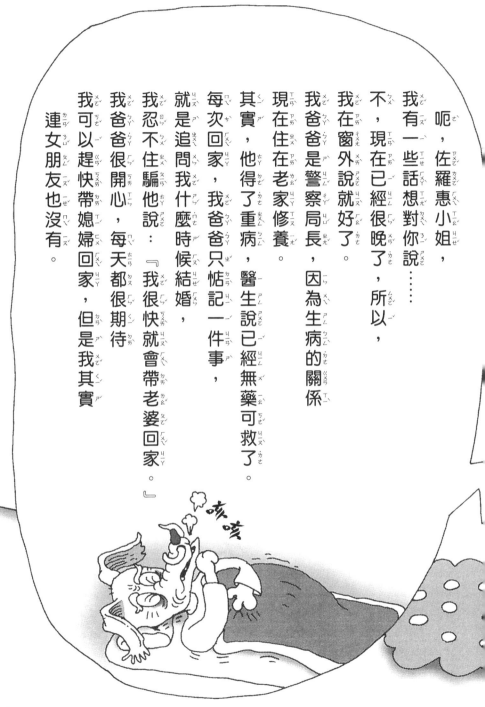

佐羅力講電話講得正開心，完全沒有聽到犬拓在窗外說話。

佐羅力大師真是天才，在那麼緊急的狀況下，居然想到假扮女生成功逃過一劫，要是我們，絕對想不到這種妙招。

我們兩個真的是以身為佐羅力大師的小弟為榮。

看到爸爸這麼高興，我根本不敢對他說出實話，正在為找媳婦這件事發愁的時候，沒想到能遇見你，佐羅惠小姐！我愛上了你！

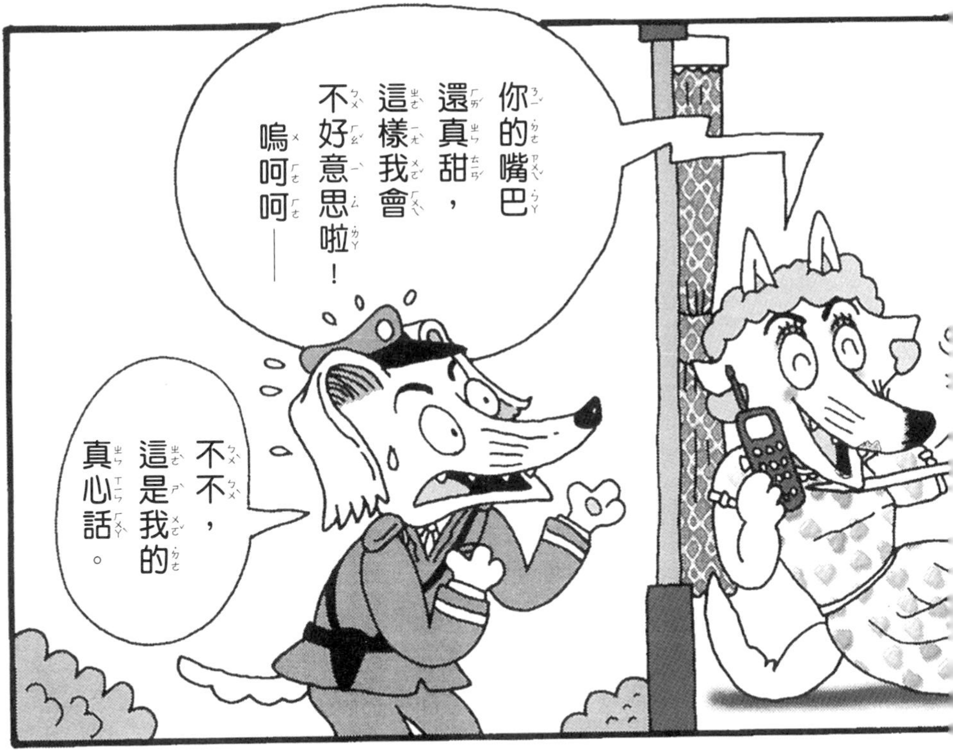
你的嘴巴還真甜，這樣我會不好意思啦！嗚呵呵——
不不，這是我的真心話。

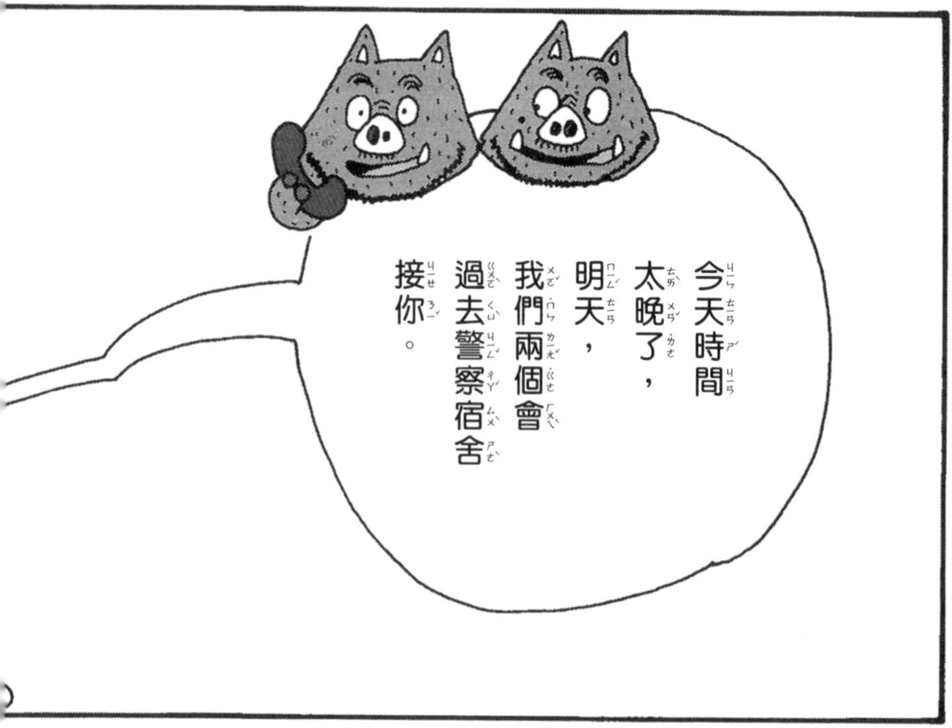
今天時間太晚了，明天，我們兩個會過去警察宿舍接你。

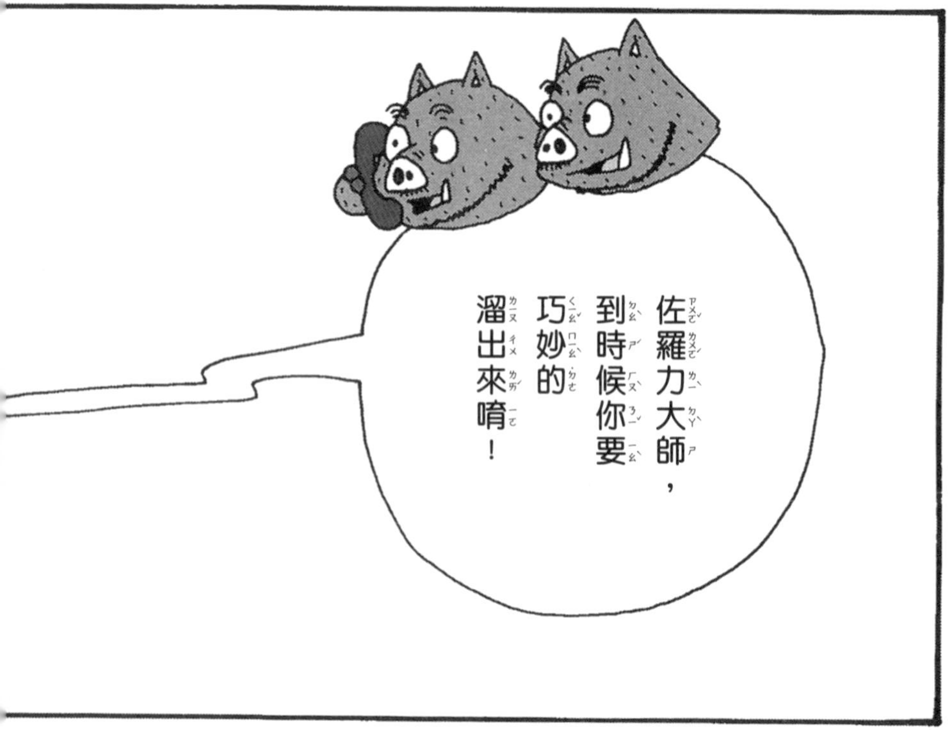
佐羅力大師，到時候你要巧妙的溜出來唷！

我知道太高攀了，但還是要向你表白。佐羅惠小姐！請你嫁給我吧！讓我爸爸可以放心。拜託你了。

好，沒問題，那明天早上來接我，我會準備好。
什麼？真的嗎？

佐羅力掛上電話時，
聽到窗外傳來歡呼聲。

「太棒了。佐羅惠小姐，謝謝你，
我馬上去通知老家的父親，
他一定會很高興。
那我們就這麼約定了，
明天早上，
我會準時來接你。」

佐羅力完全搞不清楚外面發生什麼事。

「外面怎麼會這麼吵，
難道發生了什麼案件嗎？
這些警察這麼晚
還要工作，
真是太辛苦了。」

說完，
他又倒頭大睡了。

第二天清晨一大早，
不怕同事嘲笑的犬拓帶著花束上門來，
準備迎接佐羅力。

「佐羅惠小姐，
按照我們
昨晚的約定，
我來迎接你了。」
佐羅力一打開門，
現場所有的警官
都異口同聲的向他道賀。

「佐羅惠小姐，恭喜啊!!」

「咦？這是怎麼回事？
今天是我的生日嗎？」
「你在說什麼呢？
昨天晚上
你不是接受了
我的表白嗎？
我爸爸很開心，
立刻做好了
婚禮的準備，

正在等我們呢！
趕快和我一起
回老家吧！」
犬拓說完，
其他警官立刻歡呼：
「萬歲，萬歲。」
所有的人一起
簇擁著佐羅力，
把他送上了車。

（怎麼辦？
大事不妙了。）
佐羅力
被迫坐在
兩位警官中間，
忍不住
渾身
冒著冷汗。

（如果現在
說出我的真實身分，
一定會立刻被關進
大牢。
眼前只能靜觀其變，
配合他們演戲了，
等一下再找機會溜之大吉。
伊豬豬和魯豬豬到底在幹什麼？
他們該不會睡過頭了吧？）

沒錯，佐羅力猜得完全正確。

伊豬豬和魯豬豬一直到中午過後，才悠哉悠哉的跑來接佐羅力。

聽著警察聊天，伊豬豬和魯豬豬從中查到了婚禮的地點。

「大事不好了，佐羅力大師要變成新娘子了，趕快去追他們。」

伊豬豬和魯豬豬急壞了，慌張的跑了起來。

警察局長的兒子嗎？他以後一定很有前途。
佐羅惠小姐真幸福。

這時，載著佐羅力的車子已經越過了山，穿過了產業道路，

終於抵達犬拓的老家。

嘰嘰
巡邏車
警用

很多警方的大人物早就在那裡等了很久，他們都是特地從各地趕來這裡參加警察局長的兒子的婚禮。

喔，終於到了。
哪個？新娘子在哪裡？

佐羅惠一走下車，犬拓的爸爸就上前迎接。

「咳咳，喔，真是一位美麗的小姐。

謝謝你願意嫁給我兒子。

你也看到了我這把老骨頭，我的身體很不好，

希望在死之前，
看到兒子娶媳婦，
哪怕只是看一眼也好。
我們特別為你
準備了
一場隆重的婚禮，
希望你
會喜歡，
咳咳咳。」

這就是動物警察的婚禮!!
全國各地的警察局長都開著警車來參加，所以，停車場內停滿了警車。
有些警察局長覺得黑白兩色的警車看起來不吉利，特地重新烤漆成紅色和白色的。
警鴿專車
後面的籠子裡裝滿了全村的鴿子。
警鴿專車
休息室
狗界的優秀警察~~
警官四重唱正在練習，準備在婚禮上表演。
新郎和新娘會在這個休息室裡換衣服，聽說要換五次衣服。

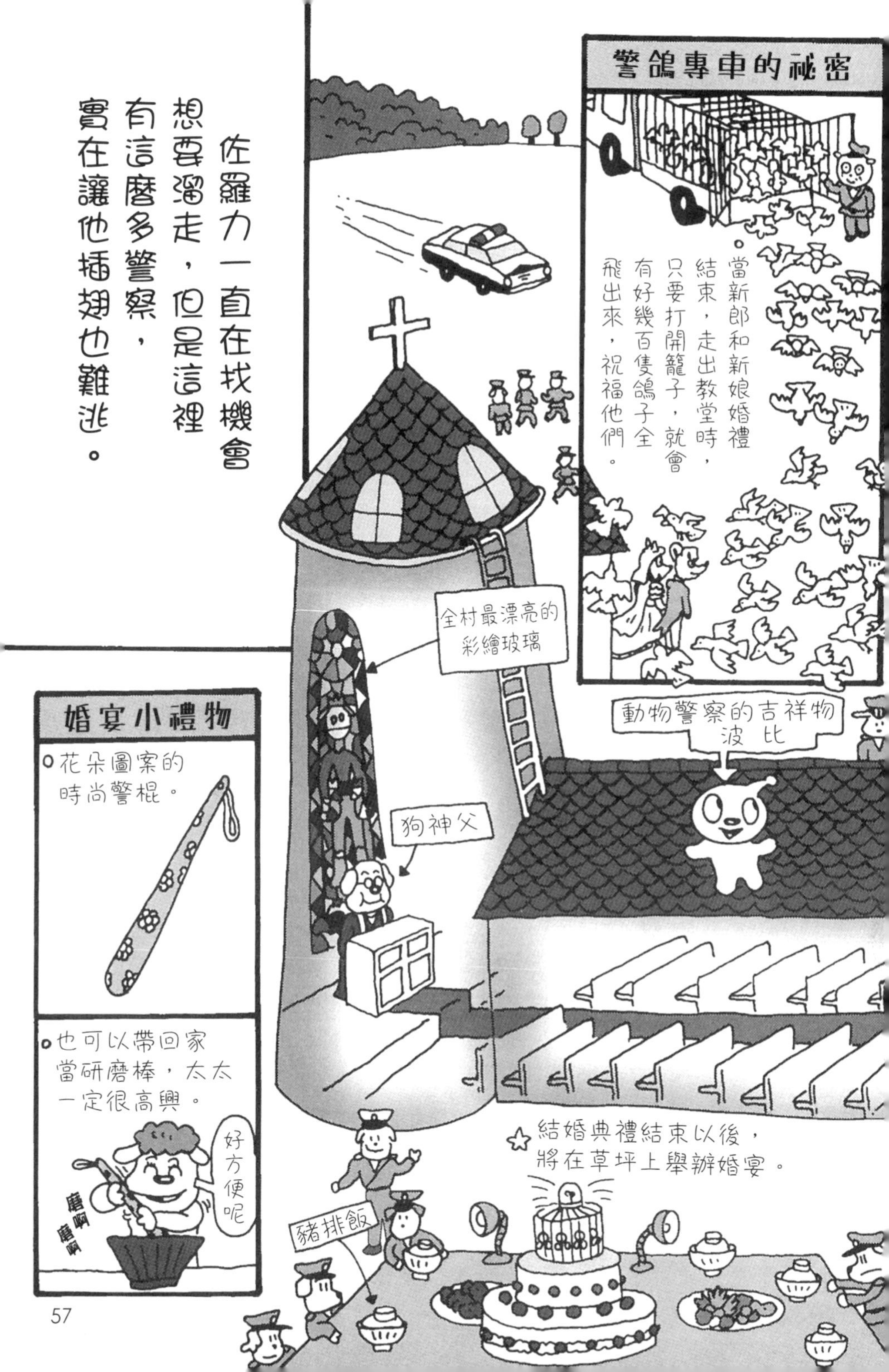
佐羅力一直在找機會想要溜走，但是這裡有這麼多警察，實在讓他插翅也難逃。
警鴿專車的祕密
・當新郎和新娘婚禮結束，走出教堂時，只要打開籠子，就會有好幾百隻鴿子全飛出來，祝福他們。
全村最漂亮的彩繪玻璃
動物警察的吉祥物 波比
狗神父
婚宴小禮物
・花朵圖案的時尚警棍。
・也可以帶回家當研磨棒，太太一定很高興。
好方便呢
磨啊磨啊
☆結婚典禮結束以後，將在草坪上舉辦婚宴。
豬排飯

當佐羅力回過神時，
發現別人已經為他穿上了漂亮的婚紗。
「太美了。」
「佐羅惠，你好美。」
大家都你一言、我一語，
不停的稱讚他，
但是，
佐羅力一點都不高興。

佐羅惠，你穿這件很好看。
好美唷！

（伊豬豬、魯豬豬，
趕快來救本大爺吧！拜託你們了。）
佐羅力發自內心祈禱著。

但是，他的祈禱落了空。婚禮已經開始了。

佐羅力一個人走在紅毯上。

他左看看、
右看看，
全場都是警官，
恐怕連一隻螞蟻
也逃不出去。
看到眼前的狀況
佐羅力只好
面對現實，
終於死心了。

佐羅力ㄉㄜ告示

★各位親愛ㄉㄜ讀者

感謝各位這段時間以來的關愛，
我終於要結婚走入家庭，
也即將和你們說再見了。
以後，我要開始寫
《怪傑佐羅力之太太系列》，
那是寫給你們ㄉㄜ媽媽看ㄉㄜ書。
請記得向你們ㄉㄜ媽媽推薦，
並且告訴她們保證很好看。

⊙ 預計推出ㄉㄜ
佐羅力太太系列

● 佐羅力將製作各種便宜、方便又好吃ㄉㄜ菜餚。

● 用通俗易懂ㄉㄜ方式說明佐羅力太太設計ㄉㄜ減肥方法，三個月瘦五公斤非夢事。

婚禮持續進行，轉眼之間，
新郎和新娘就要交換戒指了。
只要雙方在神父面前交換戒指，
戴在對方的手指上，
兩個人就成為真正的夫妻了。
犬拓溫柔的
牽起佐羅力的手，
拿出閃亮亮的
結婚戒指，

準備戴在
佐羅力的
無名指上。
啊，怎麼會這樣？
再這樣下去
怪傑佐羅力
就要當著你們的面
嫁為人婦，
變成別人的太太了。

就在結婚戒指即將套進佐羅力的手指時，戒指突然飛了起來，

跳到了半空中。

大家抬頭一看，
發現伊豬豬
正從屋頂的窗戶，
用大鼻孔把戒指
用力吸過去。

「啊，他是佐羅力的手下!!」
警官紛紛驚叫起來。

來抓我啊
一定是怪傑佐羅力搞的鬼。他一定是奉佐羅力的命令，來這裡搶佐羅惠小姐。
喂，你給我下來。

當所有人的注意力都集中在伊豬豬身上時，佐羅力急急忙忙逃走了。他飛快的衝出教堂——

——魯豬豬正好等在門口。

魯豬豬
劫持了警鴿專車，
在教堂門口
等著佐羅力，
警鴿專車上
載了很多鴿子，
準備在婚禮
結束後
放牠們自由。

出發
啪
①佐羅力一跳上車，魯豬豬就立刻發動引擎。
警鴿專車
嚕嚕嚕嚕
②接著，教堂屋頂上的伊豬豬也跳上了車——
碰！
警鴿專車
嗚嗚，我的佐羅力被佐羅惠搶走了。爸爸，怎麼辦哪？

③——魯豬豬開著警鴿專車全速逃逸。
警車！警車！叫警車！馬上用警車去追警鴿專車——
犬拓的爸爸完全忘了自己的病，也跟著坐上了警車。

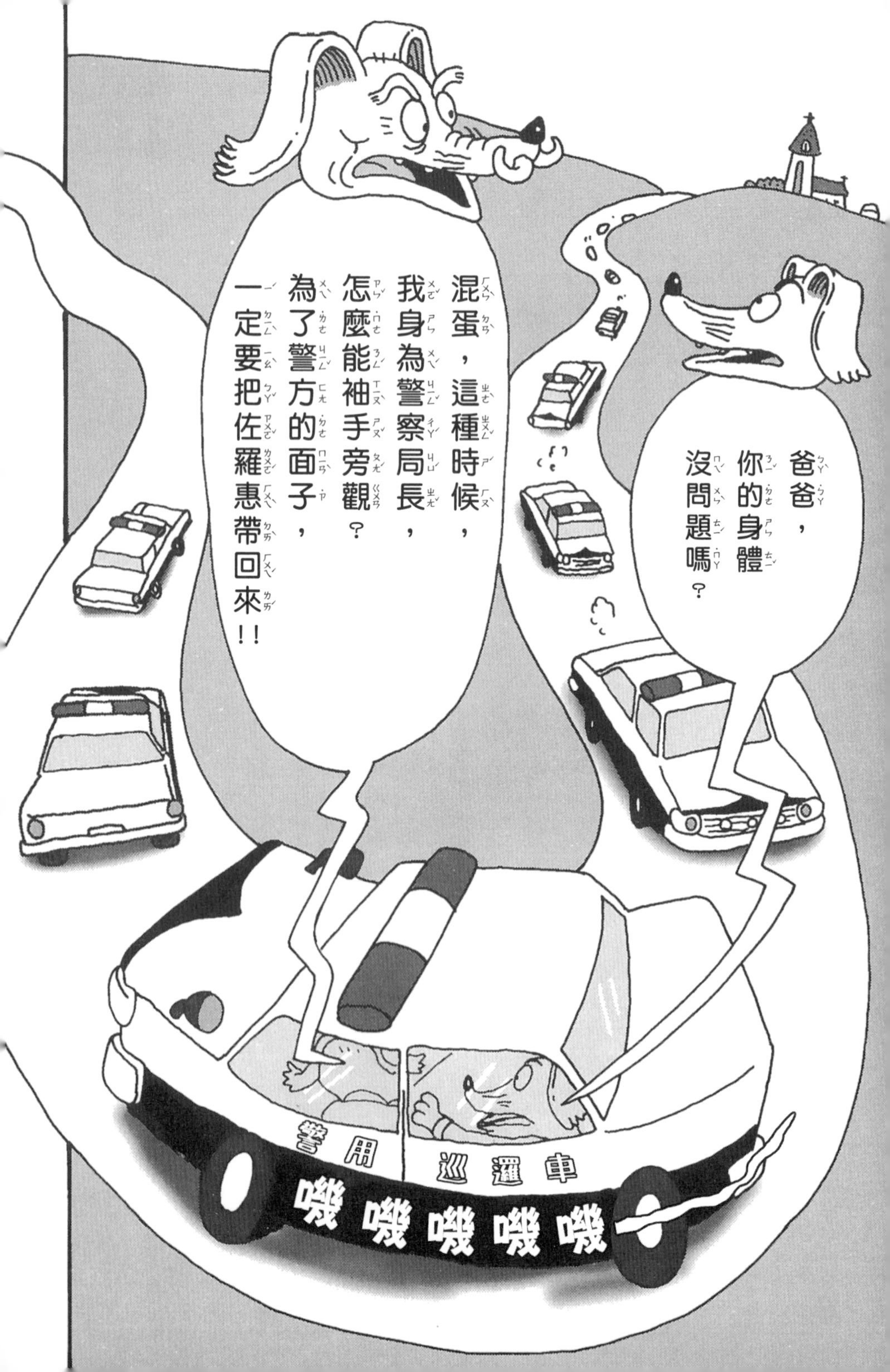
爸爸，你的身體沒問題嗎？
混蛋，這種時候，我身為警察局長，怎麼能袖手旁觀？為了警方的面子，一定要把佐羅惠帶回來!!
警用 巡邏車
嘰嘰嘰嘰嘰

喂，能不能再開快一點，不然我們很快就會被他們追上了。
什麼！
不行，佐羅力大師你看前面有更可怕的……

懸崖。

前面的路斷了，

等待他們的是很深的裂谷。

「別擔心，

這種程度的懸崖，

這輛車子應該可以衝過去，

用力踩油門!!」

佐羅力大叫指示，

魯豬豬聽命，

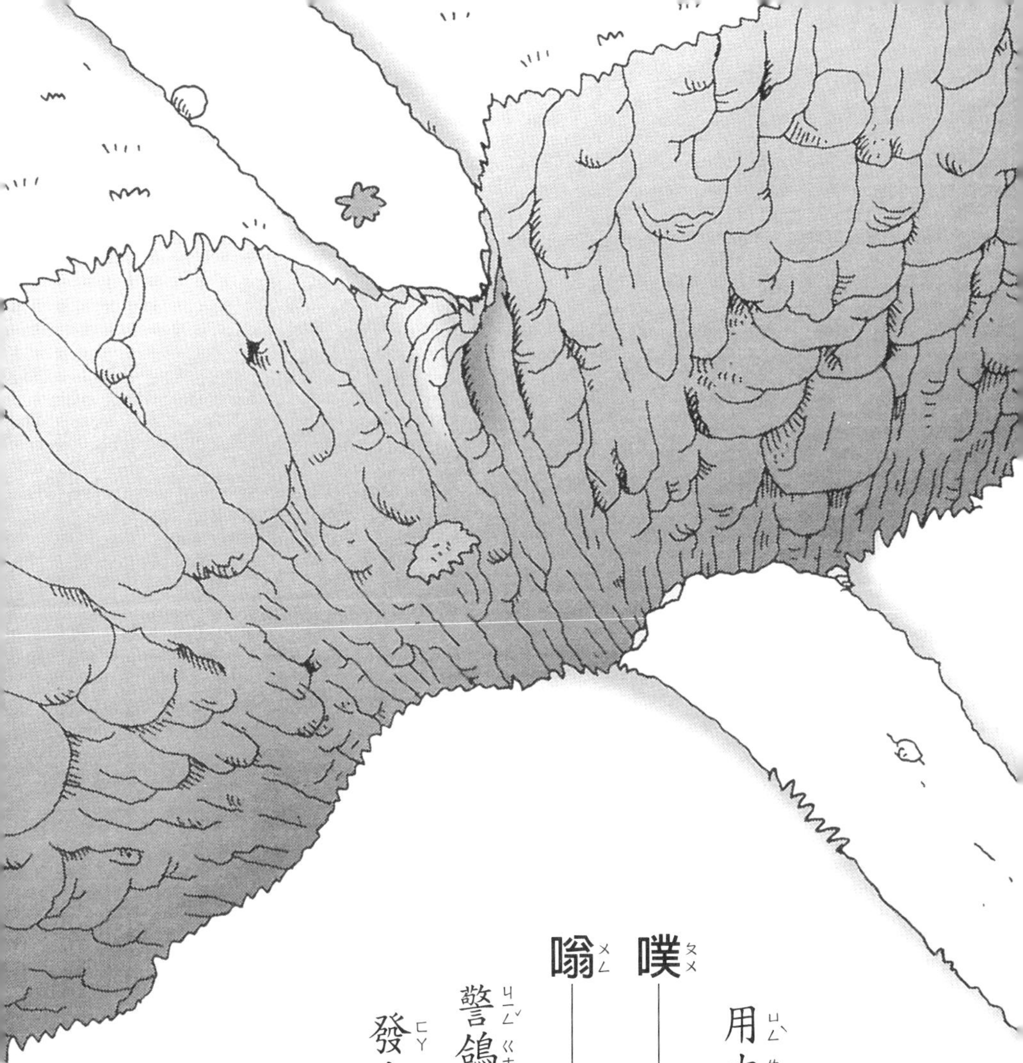

用盡全身的力氣
用力踩下油門。

噗——

嗡——嗡——

警鴿專車的馬達
發出很大的聲響，
朝著懸崖
衝了過去。

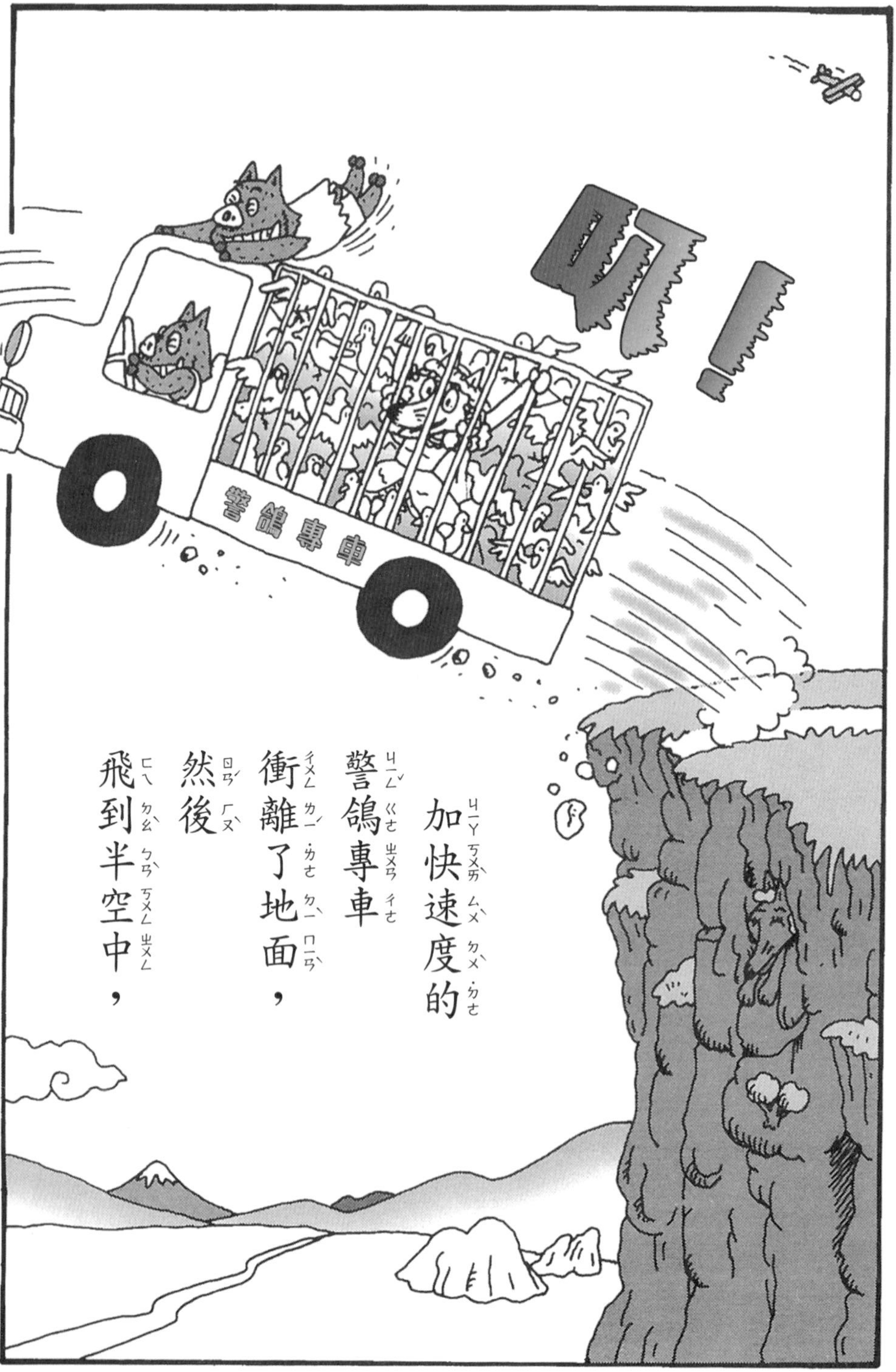

加快速度的
警鴿專車
衝離了地面，
然後
飛到半空中，

太好了！成功了！
警鴿專車
漂亮的落在對面的懸崖。

但是——
咦？
佐羅力大師，因為車子實在太重了，這塊懸崖好像要斷掉了耶！
怎麼會這樣?!
警鴿專車
嘎啦嘎啦嘎啦

佐羅力在慌亂中
打開了籠子，

啪卡

他準備要
從車子
跳上懸崖！

原本一起關在籠子裡的
幾百隻鴿子也同時
飛了出來，
鴿子的腳和身體勾住了
佐羅力身上的婚紗，
鴿子飛起來的時候，
把佐羅力
也帶上了
天空。

婚紗上有很多蕾絲，鴿子的腳容易勾到。
一群鴿子鑽進禮服的裙子裡，拍動著翅膀。
呀呵！太幸運了，真是太妙了。伊豬豬、魯豬豬，用力抓住我的裙子。讓我們在空中愉快散步吧！
啊，大師你的寶貝手機……

就在佐羅力三人從空中飛走時，犬拓和大批警察正好趕到了懸崖邊。他們探頭向山谷望去，發現警鴿專車墜毀在山谷深處還冒出黑煙。

「從這裡掉下去，
恐怕是沒救了……」
犬拓的爸爸輕聲嘀咕著，
淚水從犬拓的眼中
奪眶而出，
他的淚水不停的流，
一滴又一滴的
滴落在山谷裡。

犬拓的爸爸用力
抱住犬拓的肩膀
安慰他。
犬拓擦乾眼淚很快就
重新振作起來，
他感受到爸爸抱著他肩膀
的雙手很有力，
心裡感到很高興，
但是這仍然

無法消除他失去
佐羅惠的悲傷。

「佐羅惠——」
犬拓悲傷的聲音
在山谷中
迴響著，
久久無法散去。

這時，佐羅力三人還在天空中飛。
這種事本大爺怎麼可能會知道？要問就問鴿子啊！
佐羅力大師，我們現在要去哪裡？

哼，真可惜，那個超級名模辛蒂·克勞豹一定正在打電話給我，想找我約會——
佐羅力大師，你的寶貝手機掉了耶！

作者簡介

原裕 Yutaka Hara

一九五三年出生於日本熊本縣，一九七四年獲得ＫＦＳ創作比賽「講談社兒童圖書獎」，主要作品有《小小的森林》、《手套火箭的宇宙探險》、《寶貝木屐》、《小噗出門買東西》、《我也能變得和爸爸一樣嗎？》、【輕飄飄的巧克力島】系列、【膽小的鬼怪】系列、【菠菜人】系列、【怪傑佐羅力】系列、【鬼怪尤太】系列、【魔法的禮物】系列等。

譯者簡介

王蘊潔

專職日文譯者，旅日求學期間曾經寄宿日本家庭，深入體會日本文化內涵，從事翻譯工作至今二十餘年。熱愛閱讀，熱愛故事，除了或嚴肅或浪漫、或驚悚或溫馨的小說翻譯，也從翻譯童書的過程中，充分體會童心與幽默樂趣。曾經譯有《白色巨塔》、《博士熱愛的算式》、《哪啊哪啊神去村》等暢銷小說，也有【魔女宅急便】系列、【小小火車向前跑】系列、《大家一起來畫畫》、《大家一起做料理》【大家一起玩】系列等童書譯作。

臉書交流專頁：綿羊的譯心譯意。

怪傑佐羅力系列 17

怪傑佐羅力之佐羅力要結婚?!

作者—原裕
譯者—王蘊潔
責任編輯—黃雅妮
特約編輯—游嘉惠
美術設計—蕭雅慧

天下雜誌群創辦人—殷允芃
董事長兼執行長—何琦瑜
兒童產品事業群
副總經理—林彥傑
總編輯—林欣靜
主編—陳毓書
版權主任—何晨瑋、黃微真

出版者—親子天下股份有限公司
地址—台北市 104 建國北路一段 96 號 4 樓
電話—（02）2509-2800　傳真—（02）2509-2462
網址—www.parenting.com.tw
讀者服務專線—（02）2662-0332
週一～週五：09:00～17:30
讀者服務傳真—（02）2662-6048

客服信箱—parenting@cw.com.tw
法律顧問—台英國際商務法律事務所・羅明通律師
製版印刷—中原造像股份有限公司
總經銷—大和圖書有限公司
電話—（02）8990-2588

出版日期—2012 年 4 月第一版第一次印行
2022 年 10 月第一版第十八次印行
定價—250 元
書號—BCKCH054P
ISBN—978-986-241-493-4（精裝）

訂購服務
親子天下 Shopping—shopping.parenting.com.tw
海外・大量訂購—parenting@cw.com.tw
書香花園—台北市建國北路二段 6 巷 11 號
電話（02）2506-1635
劃撥帳號—50331356 親子天下股份有限公司

國家圖書館出版品預行編目資料

怪傑佐羅力之佐羅力要結婚?!
原裕 文、圖；王蘊潔 譯 --
第一版. -- 台北市：天下雜誌, 2012.04
92 面；14.9x21公分. --（怪傑佐羅力系列；17）
譯自：かいけつゾロリけっこんする！？
ISBN 978-986-241-493-4（精裝）
861.59　　101004307

かいけつゾロリけっこんする !?
Kaiketsu ZORORI series vol.19
Kaiketsu ZORORI Kekkonsuru!?

First published in Japan in 1996 by POPLAR Publishing Co., Ltd.
Traditional Chinese translation rights arranged with POPLAR Publishing Co., Ltd.
through Future View Technology Ltd., Taiwan

每讀新聞

警官犬拓終於走出悲劇 迎向愛情， 即將與超級名模結成連理

沉浸在愛河中的新人

警官犬田拓治先生因為作惡多端的佐羅力搗亂，失去了心愛的人，為了忘記這份痛苦，他全心投入工作。

那起事件發生的兩年後，他終於迎接了改變他命運的大日子。

事情發生在超級名模辛蒂·克勞豹小姐請他擔任警衛時，由於他在緊要關頭英雄救美，彼此種下了愛苗。如今這段感情終於修成正果，他們決定走上紅毯。

犬拓先生的回應

「和她在一起，會覺得心情格外平靜，我終於得到了幸福。」

辛蒂小姐的回應

「他不顧性命，英勇的捨身救我，他的勇氣，深深感動了我。」

在兩年前的事件中，奇蹟似康復的警察局長（犬拓先生的父親）也十分欣慰。

「我兒子終於得到了幸福，身為父親，我終於放心了。在親手抓到佐羅力之前，我還不能死。哇哈哈哈哈。」

他的笑聲特別有精神。